MAIGRET et son mort

D'après Georges SIMENON

Adaptation et scénario :
Odile REYNAUD

Dessin :
Philippe WURM

Couleurs :
Martine DE BAST

Décors (vues de Paris) :
Frank BRICHAU

LEFRANCQ • LE ROCHER

Il a été tiré de cet ouvrage 515 exemplaires en édition de luxe,
constituant l'édition originale en bande dessinée de
MAIGRET ET SON MORT, de Odile REYNAUD et Philippe WURM,
d'après Georges SIMENON.

Conception graphique : Anne QUÉVY

Titre original : Maigret et son mort
© Georges Simenon et Éditions Jean Arthur

© 1992 Éditions Claude Lefrancq
386 chaussée d'Alsemberg, 1180 Bruxelles.
© 1992 Éditions du Rocher
28 rue Comte Félix Gastaldi, 98015 Monaco
Tous droits de reproduction, de traduction et d'adaptation
strictement réservés pour tous pays.
D/1992/4411/055
ISBN : 2-87153-116-1

Imprimé en Belgique par PROOST
en septembre 1992.

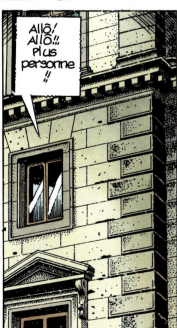

TROIS JOURS PLUS TARD...
C'est une simple bronchite, Monsieur le Juge!

Vous pensez, Monsieur Maigret, qu'en votre absence votre enquête puisse avancer?

Mais elle a avancé... Ma femme me soigne et j'ai le temps de réfléchir!

Vous trouvez normal qu'après trois jours l'homme ne soit toujours pas identifié?!

Mais je sais des tas de petites choses, Monsieur le Juge, grâce à Mœrs et à mes inspecteurs... Notre homme, par exemple, était dans la limonade et plutôt quelqu'un d'établi à son compte!

Lucas a retrouvé sa trace... puf... sur les champs de courses... puf... grâce à sa photo, puf, on lui a dit que c'était un client assidu...

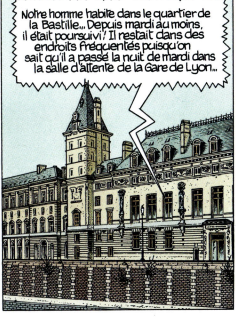
Notre homme habite dans le quartier de la Bastille... Depuis mardi au moins, il était poursuivi! Il restait dans des endroits fréquentés puisqu'on sait qu'il a passé la nuit de mardi dans la salle d'attente de la Gare de Lyon...

Mercredi matin l'homme m'a appelé, affolé, sachant qu'il ne s'en tirerait pas tout seul! Il m'a appelé jusqu'à seize heures puis le silence...

Pour quelle raison?..

Janvier a découvert sa trace dans une brasserie de la rue Saint-Antoine! Il a pris une suze, a demandé une enveloppe et s'est précipité à la cabine téléphonique...
Et vous n'avez pas reçu l'appel?
Non!.. Celui-ci ne m'était pas destiné!

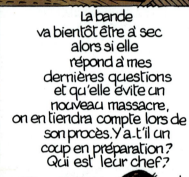

La dernière tuerie de la bande a eu lieu le 19 janvier dans une ferme isolée située à 5 Km. de Goderville, à la gare de laquelle descendent de rares passagers en provenance de Paris...

Or le 19 janvier à 20Hr.17 un homme jeune et bien habillé est descendu avec un aller-retour Paris-Goderville. Il n'a pas pris de taxi. Aucun paysan ne l'a conduit...

Disparu dans la nature! On ne retrouve sa trace que le lendemain. À 6 heures, il prend un train pour Paris dans une autre gare, située à 20 Km. plus au sud...

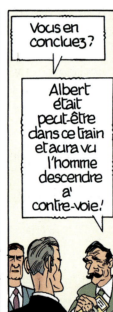

Et il disparaît de nouveau! Tous les billets de ce jour récoltés gare du Nord à l'arrivée des trains ont été épluchés! Aucune trace du Goderville-Paris du 20 janvier. L'homme est descendu à contre-voie ou a réussi à se glisser parmi les voyageurs de banlieue...

Vous en concluez?

Albert était peut-être dans ce train et aura vu l'homme descendre à contre-voie!

Non, car on n'aurait pas attendu fin février pour le faire taire. Par ailleurs on cherchait chez lui une preuve matérielle puisque son café a été fouillé minutieusement...

Par Poliensky?

Non, Poliensky était un simple d'esprit, on ne l'avait pas chargé d'une telle mission. Non, il est venu de son propre chef chercher autre chose...

Excusez-moi, Messieurs, je tombe de fatigue!

Il a obtenu de jolis résultats mais il n'a plus l'âge de passer des nuits sans sommeil...

Le juge eût été bien étonné s'il avait vu Maigret se rendre au Petit Albert fouiller partout et découvrir un petit harmonica. Le même que celui trouvé à l'hôtel du Lion d'Or...

Mr Loiseau, dites-moi, Albert jouait-il de l'harmonica? ...Non!... Pas du tout!... Je vous remercie...

Oui, commissaire, Victor Poliensky jouait de l'harmonica, Serge Madok aussi... non... chacun avait le sien, ils faisaient des duos...

Poliensky était revenu chercher son harmonica à l'insu de ses complices! ...Ça lui avait été fatal...

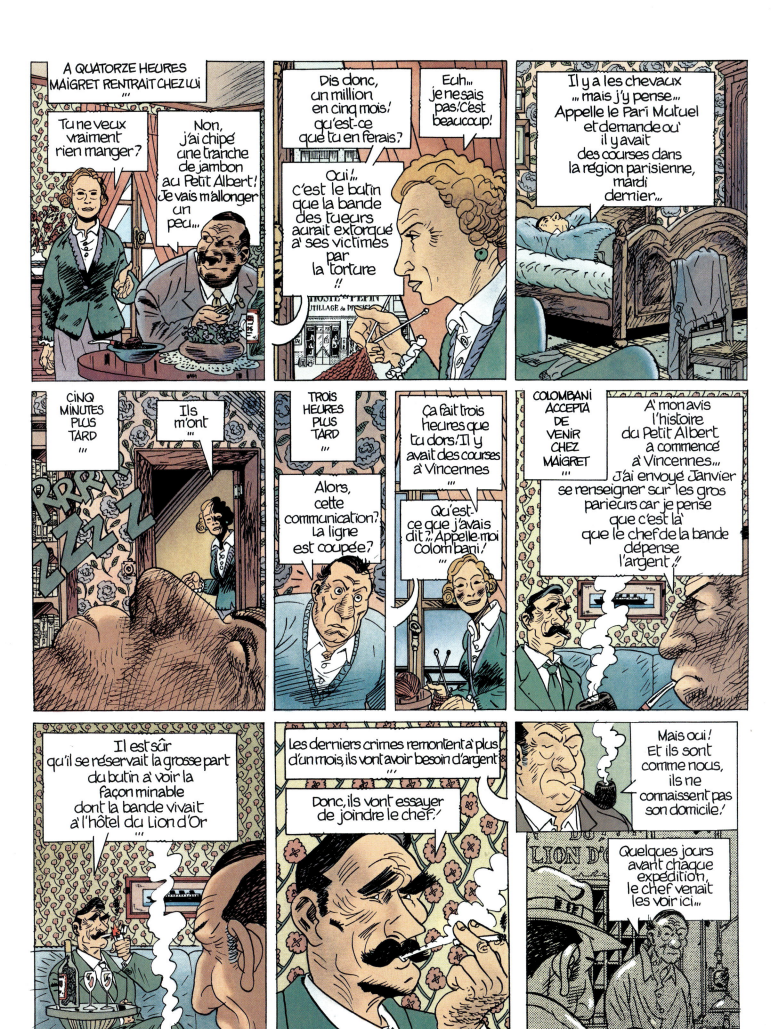

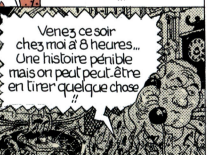

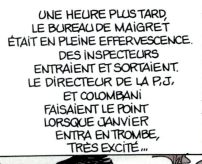

Chez Claude Lefrancq Éditeur,
retrouvez les plus grands détectives de la littérature policière
dans la collection
BDétectives :

Monsieur WENS :
«Six hommes morts» 1
«L'ennemi sans visage» 9
«L'assassin habite au 21» 20

Arsène LUPIN :
«Le bouchon de cristal» 2
«813» • 1 7
«813» • 2 12
«La demoiselle aux yeux verts» 21

ROULETABILLE :
«Le fantôme de l'Opéra» 3
«Le mystère de la chambre jaune» 10
«Le parfum de la dame en noir» 14
«La poupée sanglante» 22

Sherlock HOLMES :
«La sangsue rouge» 4
«Le chien des Baskerville» 16

Edmund BELL :
«L'ombre rouge» 5
«L'ombre noire» 5
«Le diable au cou» 13
«La nuit de l'araignée» 18

Nero WOLFE :
«Les compagnons de la peur» 6
«La cassette rouge» 17

FANTOMAS :
«L'affaire Beltham» 8
«Juve contre Fantômas» 15

Abbé BROWN :
«La croix de saphir» 11

Edgar WALLACE :
«Le serpent jaune» 19

À paraître :

ROULETABILLE :
«La machine à assassiner»

Arsène LUPIN :
«L'aiguille creuse»

Sherlock HOLMES :
«La béquille d'aluminium»
«L'homme au pied bot»

Edmund BELL :
«Le train fantôme»

FANTOMAS :
«Le mort qui tue»

Edgar WALLACE :
«L'archer vert»